Con ^ un poco de ayuda de mis amigos

I0553650

Jennifer Degenhardt

This story was inspired by real events and identities, so names of people were NOT changed, just some details. Explicit permission was obtained by all parties to use their names in the story, including the main characters, Joe and Anthony, Chris Kreider, and the name of the New York Sled Rangers team.

For the hockey players in this book.

The athletes of the New York Sled Rangers -
you are amazing.

&

Chris, you are cooler than you know.

ÍNDICE

AGRADECIMIENTOS

Sometimes these stories come together by something otherworldly. This is one of these stories.

It began when Dr. Aaron Gerard told me the anecdote about his friend Chris and *his* experience at the music show. I held that story close for a while, as I knew it was one that needed to be shared with students, as all humans have doubts – even if you're a professional athlete! Thanks, Aaron for sharing that story with me.

Then, one weekend I had the chance to meet Chris Kreider, so I asked him if I could use his story in one of mine. Not only did he agree, he also offered to read the story – in Spanish – prior to publication. Chris, thank you for allowing me to use you as a wonderful example for kids. You rock!

Later, on the very day I met Chris, I saw an advertisement on TV for the New York Sled Rangers. Immediately, I knew I wanted to include a sled hockey team in my story. When I reached out to Bill Greenberg, the founder of the team, to ask him I could use the team's name in the book, he not only agreed, but invited me to watch a practice and meet some of the team members and their families. It was just the kind of field research that I love: sports and people. Thank you to all of them for being so welcoming and helpful.

My friend, Joe Tropea, regaled me with stories about him and his son, Anthony, which provided the basis for their fictional relationship in the book. Joe and Ant, thanks for being the inspiration for one of the father-son relationships in the book.

Thank you to Roberto Macías and Martha Viteri, owners of El Guayaquileño in Queens for allowing me to publish their menu, and for the best Ecuadorian meal I've ever had.

Thank you, too, to Ajax Heyman, a student artist from Carlsbad, CA for his beautiful cover art. More information about Ajax can be found at the end of this book.

ABOUT THE NEW YORK SLED RANGERS

photo used with permission from Gloria Dinzey

Wheelchair Sports Federation New York Sled Rangers

The Wheelchair Sports Federation New York Sled Rangers is a sled hockey program for physically disabled youth ages 5 through 21. It is one of the very few outlets for physically disabled kids to play competitive sports in New York City.

The team continues to change perceptions and ideas about what people with physical disabilities are ABLE to do. When sled ranger athletes walk or wheel into their classrooms, and they tell their able-bodied friends that they are hockey players, it changes how their friends see them, how their parents see them, and how they see themselves. Being on the team increases self-esteem, self-confidence, and independence. Youth who participate experience the accomplishments, disappointments, and growth of character that comes with being on a team. It is this experience that made one young athlete look up and say, "Mom, I'm FINALLY on a team!".

A portion of the proceeds from the sale of this book will go to support the New York Sled Rangers. For more information on the organization or to make an additional donation, please visit their website, www.wsfsledrangers.org.

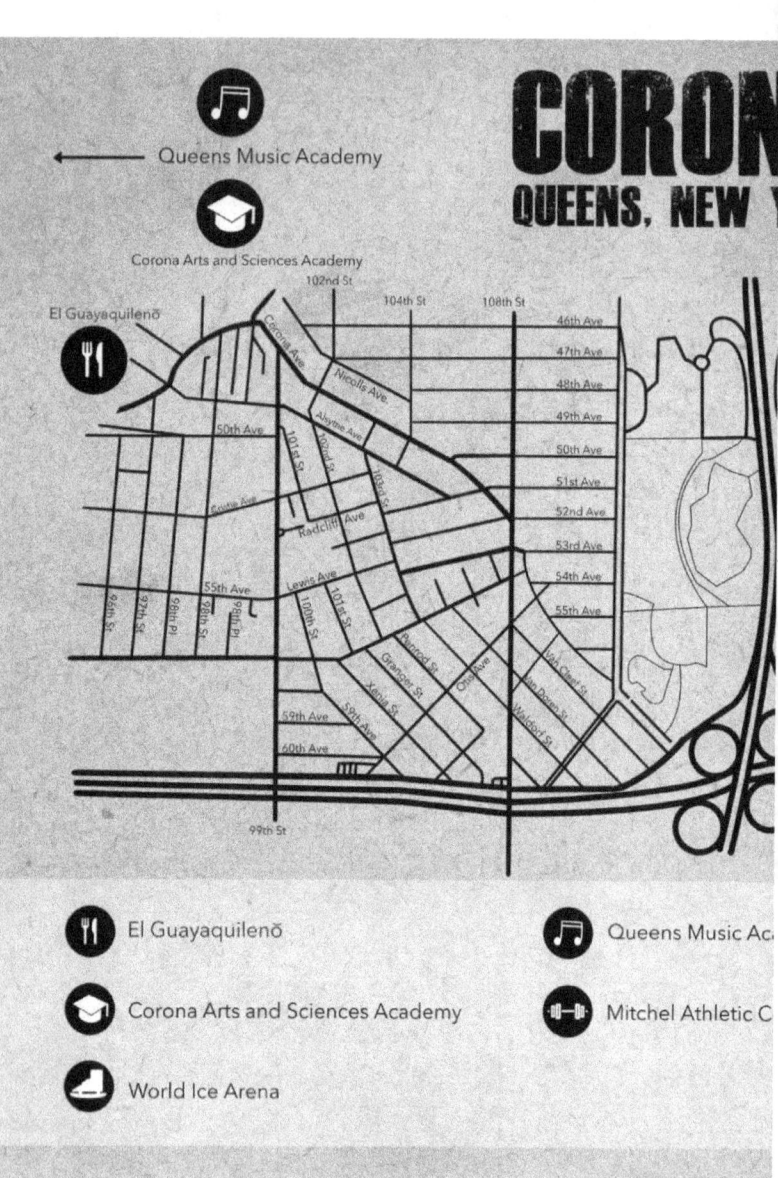

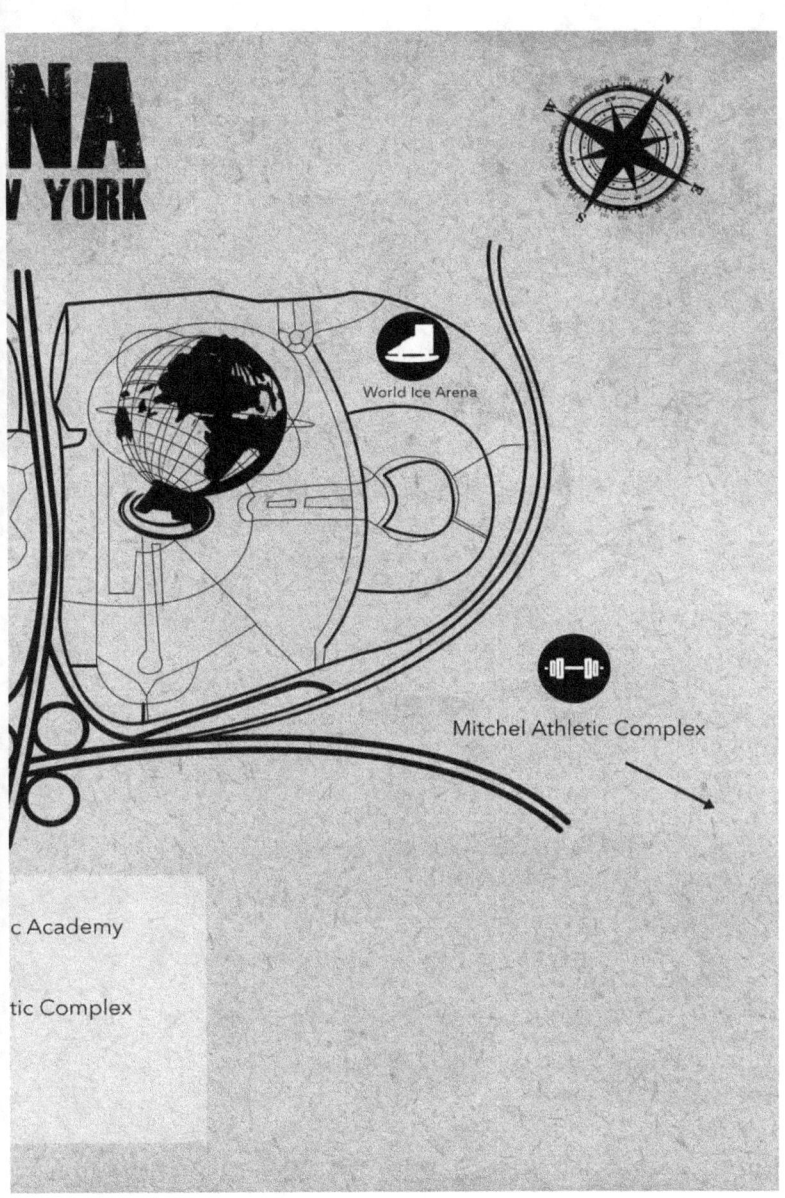

NA
W YORK

World Ice Arena

Mitchel Athletic Complex

c Academy

tic Complex

Prólogo
Nicolás

—¡A mí, a mí!

—¡El balón!

—¡Pásamelo!

—¡Corre, corre, CORRE!

—¡Mira al defensor!

Oigo los gritos de los chicos en el campo[1]. Y también oigo los gritos de los padres y las madres cerca del campo:

—¡Corre, hijo!

—¡Patéalo![2]

—¡Mira a Sebastián!

---

[1] campo: field.
[2] ¡patéalo!: kick it!

—¡Vamos, Huracanes!

Es un partido excelente. Me encanta estar aquí mirando a mi hijo jugar al deporte que más le encanta.

—¡Hu-ra-CA-nes! ¡Hu-ra-CA-nes! ¡Hu-ra-CA-nes!

—¡Vamos, Sebas! ¡Mete un gol! —grito a mi hijo.

Pero ¡hombre! Mi hijo sabe correr. Corre muy rápido. Y sabe controlar el balón. La tiene muy cerca de los pies. Empieza a correr a la portería[3] del otro equipo. Quiere meter un gol como ya ha hecho[4] dos veces hoy. Corre y corre. Mira a su compañero Kai y quiere pasarle el balón, pero un defensor del otro equipo entra y para la acción. Ese muchacho para el balón y para el pase.

¡Caray!

—Está bien. Buena idea —dice uno de los padres.

---

[3] portería: goal.
[4] ya ha hecho: he has done.

—¡Vamos! —dice otro.

—No se preocupen. Va a haber[5] otras oportunidades.

Los padres hablan entre ellos. Hablan de sus hijos y de cómo juega el equipo. El equipo es fenomenal. Los jugadores son excelentes atletas y conocen muy bien el juego.

Me gusta cuando el equipo gana, claro. Además, me gusta ver que mi hijo juega bien. Pero la verdad es que me gusta tener la oportunidad de verlo participar en el deporte que realmente me encanta. Sí, yo jugaba también cuando tenía su edad, pero no tenía el talento que tiene Sebas, tampoco tenía la motivación que tiene él. Mi hijo es magnífico.

—¡Vamos, Sebastián! ¡Hasta la portería! ¡Mételo[6]!

Con trece años, no tiene todavía el control que necesita sobre su cuerpo y a veces corre un

---

[5] va a haber: there is going to be.
[6] ¡mételo!: shoot it in the goal!

poco más rápido que las piernas...

Pero corre.

Todos están emocionados. Sebastián está solo delante de la portería del otro equipo, con un defensor que no presta atención.

Parece que va a meter un gol. Dribla rápido por todo el campo. Va a darle una patada[7] al balón pero se tropieza[8].

La acción para, o parece que para. A cámara lenta, Sebas empieza a caerse, pero sigue con la misma fuerza.

Veo todo con claridad y grito: ¡Ay, NOOOOOOOOOOO!

Sebas sigue corriendo a mucha velocidad, pero la acción —y digo TODA la acción— se para inmediatamente cuando Sebas se choca[9] con el poste de la portería con mucha fuerza.

¡CLONC!

Y silencio.

---

[7] patada: kick.

[8] se tropieza: he trips.

[9] choca: he collides.

No se mueve nada. Nadie se mueve.

Sebastián no se mueve.

Normalmente, esperaría[10] al entrenador, pero sé que la situación es sumamente grave[11]; entonces, corro por el campo para llegar a donde está mi hijo. Llego, y oigo que el entrenador llama al 911.

---

[10] esperaría: I would wait.
[11] sumamente grave: extremely serious.

5

Capítulo 1
Sebastián

¡Caray!

Quiero… quiero ponerme… quiero ponerme mi camiseta favorita de…

Está en el clóset, pero no puedo… Trato de sacarla pero no puedo.

¡Caray! Otra vez, no puedo ni sacar de mi clóset la camiseta que quiero.

—Ma-MÁ —grito—. ¡Ayuda!

No digo «por favor» cuando pido ayuda. Estoy enojado. Siempre estoy enojado.

Quiero mi vida de antes. Antes tenía… No importa. Ahora no tengo… No tengo piernas. Pues, tengo piernas pero no funcionan. Por eso tengo que usar esta silla de ruedas. La odio.

Odio mucho ahora.

Mi mamá entra en el cuarto. Es un cuarto

nuevo, porque ahora tenemos un apartamento nuevo también. Antes vivíamos en Jackson Heights, pero ahora vivimos en Corona, en otra parte de Queens. El apartamento tiene acceso directo a la calle. Es mejor para mi silla de ruedas.

Maldita[12] silla de ruedas.

—Sebas, ¿cómo te puedo ayudar? —pregunta mi mamá.

—Quiero mi camiseta de NYCFC. Pero no puedo…

—Está bien, hijo. Te ayudo. Aquí está —dice mi mamá—.¿Estás emocionado por el primer día en tu escuela nueva? —pregunta.

¿Emocionado? ¿Para la escuela? ¿Una escuela nueva? ¿Donde no están mis amigos de muchos años? ¿Emocionado? Uh, NO.

—No, mamá. No estoy *emocionado* por empezar mi vida de nuevo a los catorce años —le digo.

—No te preocupes, Sebastián. Va a ser una

_____

[12] maldita: dang.

buena experiencia. Aquí está tu camiseta.

—¿Cómo sabes que va a ser una buena experiencia?

Quiero una respuesta a mi pregunta, pero mi mamá sale del cuarto.

Me pongo la camiseta y me miro en el espejo. No me gusta la imagen. Antes tenía una vida buena. Jugaba al fútbol. Era un jugador excelente…

Y ahora… no soy nada.

Pues, soy un muchacho que está enojado.

*****

Me empujo[13] en mi silla de ruedas hasta el nuevo *van* que tiene mi familia, un *van* para una silla de ruedas.
Hay una parte de la acera que es difícil para mí.

—¡Uf —digo.
—¿Estás bien, Sebas? —me pregunta mi mamá.

_____

[13] me empujo: I push myself.

No le contesto, pero dirijo la silla hacia la rampa para entrar en el *van*.

Vamos a la escuela Corona Arts & Sciences Academy en Corona. Antes…

No importa el «antes». Ahora es diferente. Salgo del *van* después de una conversación con mi mamá:

—Sebas, ¿quieres que te acompañe[14]? —me pregunta mi mamá.

—No, mamá. Tengo que hacerlo yo. Nos vemos —le digo.

—Buena suerte, hijo. Llámame si me necesitas.

No hay muchas personas fuera de la escuela. ¿Llego tarde?

Subo la rampa con mi silla y voy a la puerta principal de la escuela.

—¡AY! —digo.

La puerta es muy pesada[15]. No puedo abrirla.

_____

[14] ¿quieres que te acompañe?: do you want me to go with you?

[15] pesada: heavy.

—¡Caray! —digo. —¿Por qué todo es imposible para mí? —me pregunto.

En ese momento la puerta se abre. Hay otro muchacho que llega tarde a la escuela.

—Te ayudo —me dice. Abre la puerta y me espera. No me ayuda con mi silla de ruedas, pero mantiene la puerta abierta.

—Gracias —le digo—. Gracias por ayudarme.

—No es nada. Llego tarde para mi primera clase —me dice—, 'ta luego.

—Hasta pronto —le digo.

Hum. Qué interesante. Ese chico no dijo nada de mi silla. Y me ayudó...

Me empujo hasta la oficina para recibir instrucciones.

El director se presenta y me presenta al consejero. Los dos me saludan.

Nadie dice nada sobre mi silla.

El director habla.

—Sebastián, otra vez, bienvenido a Corona Arts

& Sciences. Somos una comunidad excelente. Si necesitas ayuda, todos están aquí para ayudarte. ¿OK?

—Sí, señor. Gracias —le digo.

—Ahora, el señor Méndez te acompaña a tu primera clase, pero solo porque no conoces la escuela, porque sabemos que eres buen estudiante. La directora de tu otra escuela me llamó. Me dijo que eres un estudiante excelente y un atleta fenomenal.

Era. Yo era un atleta fenomenal. Pero no le digo nada al director.

—Gracias, señor —le digo—. Gracias por la ayuda.

Me empujo hasta la clase. El señor Méndez camina a mi lado. Me habla mucho de la escuela.

—Te va a gustar la escuela, Sebastián. Los estudiantes son muy buenos —me dice.

No digo nada. ¿Y si todos son atletas? ¿Qué hago yo? Ya no soy atleta…

—Aquí estás en tu clase de Ciencias Sociales.

El consejero toca la puerta y la abre para hablar con la maestra.

—Señora Watkins, disculpe. Quiero presentarle al alumno nuevo, Sebastián Zambrano.

Miro por todas partes de la clase. ¡Hay tantas personas nuevas! Espero comentarios negativos sobre mi silla, pero no dicen nada. En ese momento, veo al muchacho que me ayudó con la puerta. Me sonrío, pero solo un poco.

—Hola a todos. Soy Sebastián.

Capítulo 2
Joe

Estoy en la cocina en la casa cuando mi hijo, Anthony, llega de la escuela.

—Hola, papá. Voy al sótano para jugar al Fortnite. Voy a empezar mi tarea después.

—Ah, no, no, no, no. Sabes la regla[16] de la casa: hacer tarea antes de jugar videojuegos. Además, tenemos que salir en unos minutos, tienes que comer algo —le digo.

—¡Pero, papá! ¿Por qué tan temprano? No tengo práctica con la banda hasta las seis y media.

—Lo sé, pero tengo que dar una lección de guitarra antes. Y como tu mamá no puede llevarte, tienes que venir conmigo.

—¡Papá! Pero necesito… —me dice mi hijo.

---

[16] regla: rule.

—Anthony, no hay nada que discutir. Salimos en unos minutos y no te permito bajar al sótano para jugar, solo para traer tu guitarra.

¡Ay, Dios! Tener un hijo de trece años no es fácil. Algunos días son realmente difíciles. Todos los adolescentes piensan que saben todo. TO-do.

¿Jugar videojuegos antes de hacer la tarea?

¿Ser insolente[17] con tu padre?

¡Ay, Dios! Dame fuerza, ¡ja, ja! En serio, Anthony es buen muchacho. Sí, a veces es insolente, y a veces no se baña muy bien y huele mal[18], pero es buen estudiante y nos escucha la mayoría del tiempo. Tiene que ser difícil para él porque su mamá y yo nos separamos hace poco tiempo…

—Ant, ¿estás listo? Vamos.

En el carro hasta la Queens Music Academy, QMA, donde tengo que dar la lección, Anthony no me habla mucho. Es típico ahora. Antes hablaba todo el tiempo, especialmente

---

[17] insolente: sassy; fresh.
[18] (él) huele mal: he smells bad.

conmigo. Pero ahora, no habla mucho en general y tampoco conmigo. Antes nuestra relación era más… No sé qué pasa…, problemas de la adolescencia, creo yo.

—¿Qué tal la escuela hoy? —le pregunto a mi hijo.

Últimamente me responde con la palabra «bien», pero me sorprende cuando me contesta y ¡en una frase completa!:

—Tenemos un alumno nuevo en la escuela —me dice—. Está en mi clase de Ciencias Sociales.

—Ah, sí —le digo. Me pregunto por qué me habla del alumno nuevo.

—Se llama Sebastián. Es de Jackson Heights, pero su familia se mudó aquí hace una semana. ¿Lo viste esta mañana? —me pregunta Anthony.

—¿Qué? ¿Cómo? No entré a la escuela cuando te dejé en la puerta principal —le digo.

—Sí, pero ¿te acuerdas del chico en la silla de ruedas?

—Me acuerdo porque te vi ayudarlo. Eres bueno, ¿sabes? —le digo a Anthony, aunque no lo miro porque no quiero mostrar mi emoción.

—Pues, Sebastián es muy bueno también. Y me contó que es un buen jugador de videojuegos —me dice Anthony—. Por eso quería bajar al sótano inmediatamente para jugar. Sebastián me esperaba…

Quiero preguntarle a Anthony por qué no le dio a Sebastián el correo electrónico, pero sé que a Anthony no le gusta mencionar que no tiene teléfono. Su madre y yo —aunque no estamos de acuerdo en muchas cosas— estamos de acuerdo en que no puede tener un teléfono celular hasta que cumpla[19] catorce años.

—Puedes hablar con él mañana, ¿no?

—Sí, voy a tener que explicarle que mi padre es como un guardia. Papá, a veces tú eres muy difícil, ¿sabes?

Con una sonrisa le digo a mi hijo:

—Es mi trabajo como padre o guardia. Y a

---

[19] hasta que cumpla: until he turns.

veces tú también eres muy difícil. Pero te quiero.

—OK. OK.

Llegamos a Queens Music Academy.

—Toma tu guitarra —le digo—. Puedes practicar en el garaje durante la hora de mi lección. Y luego te llevo a la casa de Alex para tu práctica, ¿OK?

—Está bien.

Capítulo 3
Chris

Es la primera temporada que mi equipo no está en los *playoffs*. Jugamos buen *hockey* toda la temporada, pero los Bruins de Boston ganaron el último partido y nos eliminaron.

Lo malo: no jugamos en los *playoffs* de esta temporada.

Lo bueno: puedo aprovechar el tiempo para aprender a tocar la guitarra.

Por casi ocho meses del año soy jugador de *hockey* en los Rangers de Nueva York. Y cuando no estoy en el hielo, estoy en el gimnasio levantando pesas. Me encanta mi trabajo. ¿Cómo no? Es el trabajo de mis sueños. Pero también tengo otros intereses como leer libros y escuchar música.

Hace años me regalaron una guitarra, pero no tuve tiempo para practicar. Pero ahora, como tengo más tiempo, tomo lecciones en la Queens Music Academy, que está cerca de mi casa.

Entro por la puerta principal y veo muchos pósteres de bandas de rock: Rolling Stones, The Who, Nirvana. Me gusta la vibra aquí.

—Hola —me dice un tipo[20] cuando entro por la puerta.

—Hola —le digo—. Soy Chris. Tengo una lección de guitarra con Joe a las cinco.

—Ah sí. Eres nuevo, ¿no? —me pregunta—. Oh, y me llamo Steve.

—Hola, Steve, y sí. Es mi primera lección oficial —le digo.

---

[20] tipo: guy.

—Está bien. No te preocupes. Te va a gustar. Joe termina con otra lección ahora. Vamos. Te muestro la academia.

—Bien. Gracias.

Entramos en una sala enorme que antes era… ¿un garaje?

—Aquí es donde las bandas practican juntas cada semana —me explica Steve—. Se preparan para los *shows* que hay cada cuatro meses.

Leí en el sitio web que hay *shows* al terminar cuatro meses de lecciones. No puedo creer que voy a estar listo para tocar en un concierto, pero vamos a ver.

En ese momento, Steve habla con un chico que está tocando la guitarra. Toca «Enter Sandman» de Metallica. Conozco muy bien la canción.

—Anthony, suena muy bien —dice Steve.

Anthony para de tocar un rato y responde:

—Gracias, Steve.

—Anthony, te presento a Chris. Va a empezar a tocar la guitarra también. Chris, Anthony es un miembro del grupo de adolescentes que toca aquí. Es un guitarrista excelente —explica Steve.

Es obvio, y se lo digo:

—Eres fenomenal. Esa canción es una de mis favoritas.

—Gracias. Es mi favorita también. Buena suerte con tu lección. ¿Vas a tocar con mi papá?

—¿Tu papá se llama Joe? —le pregunto.

—Sí. Es el mejor guitarrista; vas a ver.

—Gracias, Anthony. Y gracias por el apoyo, hombre. Este instrumento es nuevo para mí.

—Es solo nuevo al principio —me dice sonriendo.

Qué joven tan talentoso. Si practico mucho, ¿puedo tocar como él?

Capítulo 4
Anthony

Me levanto temprano hoy. Tengo que llegar a la escuela a tiempo. Necesito hablar con Sebastián. Tengo que explicarle por qué no lo vi en Xbox ayer.

—Chao, papá —le grito al salir por la puerta.

Mi papá está sorprendido.

—¿Vas a tomar el autobús?

—Sí. No quiero llegar tarde —le digo.

Cada día, la primera clase que tenemos es la de Ciencias Sociales.

Si mi papá está sorprendido, ¡la señora Watkins va a estar muy sorprendida!

Sebastián ya está en la clase.

—Hola, Sebastián —le digo. No tengo chance para explicarle por qué no lo vi en Xbox, porque empieza a hablarme en tono feo.

—¿En serio? ¿Me invitas a jugar contigo y no juegas? —me dice.

—Puedo explicar... —le digo.

—No es necesario. ¿Quieres burlarte de mí?[21]

—Sebastián, no es eso...

—Es porque uso silla de ruedas. Es eso, ¿no?

—Hombre, NO ES ESO —le digo.

—Y no me llamaste para decirme...

Ahora estoy un poco enojado.

—¡Ay! No pude contactarte porque no tengo celular. Y ¿sabes por qué? Porque mi papá no me permite tenerlo.

Sebastián me mira y no me dice nada por unos momentos. Está un poco confundido.

—¿Qué? ¿No tienes celular? —me pregunta—. Estás un poco más discapacitado[22] que yo, ¿eh?

---

[21] ¿quieres burlarte de mí?: do you want to make fun of me?
[22] discapacitado: disabled.

—¡Ja, ja! No tienes ni idea… —le digo.

—Pues, disculpa —me dice Sebastián.

—No es nada. ¿Quieres jugar hoy? ¿A una hora en particular? ¿Te busco en Xbox o PlayStation? —le pregunto.

—Está bien. Jugamos a las siete, después de la cena. Tengo que hacer mi tarea primero. Y tengo Xbox —me dice.

—¿Tú tienes la regla en tu casa «tarea antes de videojuegos»?

—Sí. Es horrible. No tienes ni idea —me dice—. ¡Ja, ja!

—Hombre, te entiendo perfectamente. Tengo la misma regla en las dos casas.

—¿Dos casas? ¿Tienes mucho dinero? —me pregunta Sebastián.

—No. Mis padres están separados —le explico.

—¡Ay, hombre! Dos casas…, más reglas. ¡Uf!

En ese momento, la señora Watkins empieza la clase.

—Buenos días, alumnos. Hoy vamos a hablar más de Sudamérica...

Capítulo 5
Nicolás

Normalmente no llego a la casa hasta más tarde, pero hoy ya estoy en el apartamento esperando a Sebas. Tengo una sorpresa para él.

El autobús especial que tiene espacio para su silla de ruedas llega y Sebastián baja. Se empuja por la rampa y sigue hasta la puerta de la casa. Abro la puerta, quiero ayudar a mi hijo, pero él no quiere. Es muy independiente.

—Hola, Sebas— le saludo.

—Hola, papá. ¿Me puedes dar algo de comer, por favor? Quiero empezar mi tarea —me dice.

—Sí, claro. Y buena idea, porque tengo planes para nosotros esta noche —le digo a mi hijo.

—¿Qué planes? No mencionaste nada.

—Tengo boletos para el partido entre los Cosmos y el Torrent de Milwaukee en el

Mitchel Athletic Complex en Long Island. Los compré hoy —le digo sonriendo.

Estoy emocionado, pero Sebastián no lo está.

—Papá, no puedo ir. Voy a jugar a los videojuegos esta noche con mi amigo nuevo, Anthony —me dice.

—¿No quieres ir a ver fútbol semiprofesional? —le pregunto sorprendido.

—No, gracias. Prefiero jugar a la Xbox con Anthony. Es un amigo nuevo —me dice.

Le doy unas sobras de humitas[23] que ordenamos anoche en un restaurante nuevo, El Guayaquileño. Fue una cena especial para celebrar la escuela nueva de Sebastián, nuestro apartamento nuevo y las bendiciones[24] que tenemos. Ordenamos llapingacho[25], lomito saltado[26], seco de chivo[27] y, claro, una orden grande de humitas. Compartimos todo.

---

[23] humitas: Ecuadorian style corn pies.
[24] bendiciones: blessings.
[25] llapingacho: potato patty with sausage and eggs.
[26] lomito saltado: sauteed peppers and onions with beef strips and rice.
[27] seco de chivo: goat stew with rice and sweet plantains.

Sebastián come rápido las humitas. Le encanta comer y está en la edad de comer mucho.

Después de comer, Sebas me dice:

—Gracias, papá. ¿Vas a ir al partido solo?

—Tranquilo, hijo. Voy a llamar a tu tío. Él me va a acompañar. Tú y yo podemos ver el partido entre New York City FC y LA Galaxy mañana, si quieres.

Pero mi hijo no me oye porque se va al otro cuarto para hacer su tarea.

Busco el nombre de mi hermano en el teléfono y le invito por un mensaje de texto:

«¿Quieres ir al partido entre los Cosmos y el Torrent esta noche?».

No me sorprende su respuesta.

«¡Cómo no! Gracias».

Mi hermano es fanático del fútbol como yo. Jugamos todavía en una liga para adultos. Todos los jugadores son hispanos y la mayoría de ellos son ñaños[28], o ecuatorianos, como

_____

[28] ñaños: nickname for Ecuadorians.

nosotros. Hay una comunidad grande de ecuatorianos en Corona, Queens, donde vivimos. Se empezó a establecer una comunidad transnacional[29] después de la crisis económica en Ecuador en 1980.

*****

En el Mitchel Athletic Complex quiero estar emocionado por ver el partido, pero estoy un poco triste. Mi hermano lo nota.

—Nico, ¿qué te pasa? —me pregunta.

—Nada, hombre. No es por ofenderte, pero prefiero estar aquí con Sebas. Compré los boletos para nosotros —le explico.

—No pasa nada, hermano. ¿Hay algún problema entre Sebas y tú? —me pregunta.

—No. No creo. Está en casa jugando a un videojuego.

—Y ¿no quiso venir contigo esta noche? —me pregunta.

---

[29] comunidad transnacional: migrant populations from a particular country living in a different than the homeland, but with ties there.

—Pues, lo vi muy emocionado por jugar a la Xbox con un amigo nuevo, creo que es difícil para él ver fútbol...

—Tiene que ser difícil para él, Nico. Era un futbolista fenomenal y ahora...

—Sí, es verdad. Pero lo extraño. Extraño el tiempo que pasábamos juntos.

La gente grita mucho cuando los Cosmos marcan el primer gol. Quiero gritar también, pero no estoy emocionado.

—Dale tiempo. Ustedes se van a conectar otra vez —me dice mi hermano.

—Espero que sí —le digo.

Capítulo 6
Anthony

Solo tengo cuarenta y cinco minutos para hacer mi tarea antes del torneo. Tengo que trabajar rápido.

Hoy es el primer día del torneo de videojuegos que hacemos Sebastián, Alex, otros chicos y yo. Queremos saber quién es el mejor jugador de nosotros.

Pero primero, a hacer la tarea. Es una serie de problemas para la clase de Matemáticas. El primero me hace pensar en mi papá:

«Si Tomás toca su guitarra dos horas cada día y practica por cinco días a la semana por un año (menos los feriados oficiales), ¿cuántas horas practica en total? (Y más importante, ¿estará listo Tomás para dar un concierto?)».

Ah, señor Brechlin..., mi maestro de Matemáticas tiene un buen sentido del humor.

Pienso en mi papá, en como a él le encanta la guitarra. A mí también, pero no tanto como a mi papá. Él quiere que yo practique[30] más, pero no me gusta la presión[31] que me pone.

Termino la tarea de Matemáticas con esta respuesta a la segunda pregunta del problema:

«Depende. Depende de si Tomás toma su práctica en serio».

Voy al sótano para prepararme. Me preparo para una batalla.

Empezamos a jugar. Juego contra Alex y Sebas juega contra otro amigo, Ahmed.

En ese momento mi papá llega a casa.

—¡Anthony! —me grita—. ¿Estás listo para ir a la QMA? Tengo que dar una lección.

No digo nada. No quiero ir con mi papá a la Queens Music Academy. No quiero estar allí escuchando música. Quiero estar aquí jugando videojuegos. Saco los audífonos y me conecto a

---

[30] él quiere que yo practique más: he wants me to practice more.

[31] presión: pressure.

XBox.

—¡ANTHONY! Sé que estás en el sótano. ¡Ven! Tenemos que irnos —mi papá grita otra vez.

Ahora sí contesto:

—No quiero ir. Estoy jugando con mis amigos ahora.

Mi papá baja las escaleras. ¿Está enojado?

—Anthony, siempre vienes conmigo a la academia. ¿Qué te pasa?

—No quiero ir. Mis amigos y yo vamos a jugar.

—¿Jugar? ¿Jugar a un videojuego no es «jugar»? Es una pérdida de tiempo —dice mi papá con un tono enojado.

—Es mi tiempo y puedo pasarlo como quiero —le digo.

—¿Qué? ¿Qué me dices? —me pregunta.

—Nada. Solo que no quiero ir contigo hoy —le digo.

—No haces mucho estos días. Antes jugabas al fútbol americano y te interesaba mucho la guitarra. Pero ahora, no haces nada sino perder el tiempo con ese juego estúpido.

Ahora estoy enojado.

—¿Sabes qué es estúpido?, ¡el tiempo que tú pasas con tu guitarra! No haces nada más, solo trabajas y tocas la guitarra. Si no estás en la QMA, practicas con las otras bandas. ¡No tienes tiempo para mí!

—Anthony, no vamos a tener esta conversación ahora, porque es tarde. Si no quieres venir conmigo, está bien. Pero, sí, hablamos luego. No me gusta cómo me hablas. Nos vemos después.

Mi papá sube las escaleras. Me pongo los audífonos y oigo a Alex.

—Mano[32], ¿todo está bien? —me pregunta Alex.

—Sí —le digo—. Mi papá...

—Entiendo. No hay que explicar nada. ¿Jugamos?

---

[32] mano: shortened form of «hermano»; dude.

—Sí. Juguemos. Vas a perder —le digo.

—Ya veremos[33].

—Ja, ja. Vamos.

En la tarde, al final del Día Uno del torneo, Ahmed y Alex tienen un punto. Sí, perdí.

Hablamos de los próximos juegos para el fin de semana. Pero Ahmed no puede hablar más con nosotros.

—Manos, tengo que irme. Tengo que ayudar a mi padre —dice Ahmed.

—Hasta luego —le decimos.

Sebas, Alex y yo continuamos la conversación.

—¿Quieren ir al parque mañana? —dice Alex.

—Tengo una práctica en la academia de música después de la escuela, pero luego sí —les digo.

—Ant, vives cerca del parque. Podemos ir a tu lección y después ir al parque. Tu papá te lleva a la Queens Music Academy, ¿no? ¿Puede llevarnos también? —dice Alex.

---

[33] ya veremos: we'll see.

—Voy a ver. Mi papá está enojado...

Alex le pregunta a Sebastián:

—¿Vas a tener permiso para ir, Sebas?

—Creo que sí, pero... ¿va a haber[34] espacio en el carro para mí con mi silla?

—Sebas, no te preocupes —le digo—. Mi papá levanta pesas. Es muy fuerte. No hay problema.

—¡OK! Voy a preguntar a mis padres —dice Sebastián.

—Chao, manos.

Escribo un mensaje de texto a mi papá:

«Papá, ¿puedo ir al parque con Alex y Sebas después de mi práctica mañana? ¿Por favor?».

Tiene que estar enojado conmigo, pero me responde.

«Sí. Lo hablamos cuando llegue a casa. ¿Hiciste tu tarea?».

---

[34] ¿va a haber...?: will there be...?

Capítulo 7
Chris

Llego a la Queens Music Academy para mi lección hoy a las tres y media. Practico mucho, pero todavía tengo problemas con la música. No es fácil aprender algo nuevo.

Entro en la clase y le digo a Joe:

—Hola. ¿Qué tal?

—Hola, Chris. Gusto verte. ¿Practicaste?

—¿La guitarra o el *hockey*? Ja, ja —le digo—. Ya no hay más *hockey* esta temporada. Perdimos en el primer partido de los *playoffs*.

—Ah, sí. Ya me dijiste. Lo siento —dice Joe—. Me gusta el *hockey*, pero no presto mucha atención.

—¿Te gustan los deportes? —le pregunto, y saco la guitarra para tocar.

—Sí. Veo el fútbol americano con Anthony todos los domingos. Pues, cuando él no juega a la Xbox —me dice.

Joe me habla acerca de Anthony con un tono triste.

Toco una cuerda[35] en mi guitarra y le pregunto a Joe:

—Anthony es un adolescente típico, ¿no?

—¿Qué quieres decir? —me pregunta.

—¿No te acuerdas de ser adolescente, Joe? Los amigos son los más importantes —le explico.

—Sí, me acuerdo, pero tampoco pasa mucho tiempo con ellos. Antes jugaba al fútbol americano y pasábamos mucho tiempo juntos en las prácticas y los partidos… Luego tocábamos la guitarra juntos…

—Y ¿ahora no quiere pasar tiempo contigo? —le pregunto.

—Exacto. ¿Cómo lo sabes?

---

[35] cuerda: chord.

—Me pasó a mí con mi padre. Jugaba al *hockey* desde los cinco años. Pasaba todo el tiempo con mi padre. Pero con doce años, dejé de jugar[36]. Le dije a mi papá «Ya no quiero jugar más al *hockey*».

—Y ¿qué pasó? Porque ahora eres jugador profesional —me pregunta Joe.

—Después de dos semanas, hablé con mi papá otra vez. Le dije «Papá, quiero continuar jugando al *hockey*. Lo extraño[37]». Y desde ese día jugaba más y más. Al final, tuvo que ser mi decisión.

—Buen consejo, hombre. Ahora, practiquemos con la guitarra.

Practico con Joe por una hora. Me enseña tres acordes nuevos, pero no puedo tocarlos bien. Estoy frustrado.

—¡Ay! ¿Por qué la cuerda F es tan difícil? —le pregunto.

—Hombre, tranquilo. Eres nuevo con la

---

[36] dejé de jugar: I stopped playing.
[37] lo extraño: I miss it.

guitarra. Paciencia —me dice.

—Ja, ja. Está bien. Y tú también con tu hijo. Oye, ¿tienes tiempo mañana por la tarde? ¿Me puedes dar una lección extra?

—Sí, claro. Voy a estar aquí a las tres y media porque Anthony tiene su lección.

—Ah, ¿no tiene lección contigo? —le pregunto bromeando[38].

—¿Quieres ver una explosión aquí en Corona? ¡Ja! No, Anthony practica con otra persona. Pero voy a estar aquí. Ven, y tocamos. Te enseño una canción fácil.

—¿Con estos acordes nuevos? —le pregunto.

—Sí. Hay que practicar —me dice Joe—. Aprender a tocar la guitarra es como aprender un nuevo idioma. Primero tienes que aprender palabras para luego formar frases. La música es igual: primero tienes que aprender las notas y luego puedes tocar canciones.

Le digo «gracias» a Joe por la lección. Es

---

[38] bromeando: kidding.

superamable. Y muy paciente. Él no toca mucho durante la lección, pero está claro, es un guitarrista fenomenal.

Capítulo 8
Sebastián

Estamos fuera de la escuela esperando al padre de Anthony. Me sorprende que yo tenga permiso para ir con mis amigos.

Esta fue la conversación anoche con mi papá y mi mamá:

—Mamá, papá, ¿puedo ir con Anthony y Alex al parque mañana?

—¿Quién es Anthony? Quiero hablar con su mamá —pregunta mi mamá.

—Es un amigo nuevo en la escuela. Vive más con su padre. Puedes llamarlo.

—Y ¿cómo van a llegar al parque? —dice mi papá.

—El padre de Anthony nos lleva primero de la escuela a la Queens Music Academy y luego a su casa. Desde su casa, vamos a caminar para llegar al parque. Mira.

Le muestro en Google Maps dónde vive Anthony y dónde está el parque.

Mi mamá pregunta:

—¿Y tienes el número de teléfono del padre?

—Sí. Aquí está.

Mi papá dice ahora:

—Quiero hablar con tu mamá un momento, ¿OK?

—Papá, ¿por favor? Quiero ir. Son amigos nuevos y…

—Necesito hablar con tu madre. Un momento.

Después de hablar con el padre de Anthony, mis padres me dieron permiso. Estaba feliz, pero ahora… Pues, estoy un poco nervioso. Estoy acostumbrado a llevar mi silla en nuestro carro especial, pero…

*****

En ese momento llega el padre de Anthony. Baja del carro y se presenta.

—Hola, Anthony. Hola, Alex. Y tú eres Sebastián, ¿no? Hola, soy Joe. Anthony me dijo que eres un jugador excelente de videojuegos.

Me da la mano[39] y me dice:

—¡Yow!, eres fuerte, Sebastián. ¿Levantas pesas?

—Sí. Un poco —le digo con una sonrisa enorme. Me siento bien con Joe.

Les explico cómo me pueden ayudar a subir al carro y en un momento ya nos vamos a la Queens Music Academy. No me entró el pánico[40] por ir en mi silla, para nada.

En el carro hablamos de comida. Como chicos típicos hablamos de tres temas: la comida, los deportes y los videojuegos.

—Me encanta la *pizza* —dice Anthony.

—La comida china es mejor —dice Alex.

—¿Ustedes saben algo de comida ecuatoriana? —les pregunto.

---

[39] me da la mano: he shakes my hand.
[40] me entró el pánico: I panicked.

—No —me dicen.

—Tienen que probarla —les digo—. En la Avenida Corona, vamos a pasar por un buen restaurante, El Guayaquileño.

Platos Típicos / Ecuadorian Platters

ENTRAÑA	$25.00
Grilled skirt stake with rice, lentels and avocado	
CHAULAFAN ESPECIAL	$18.50
House Special Fried Rice (Beef, Pork, Chicken, Shrimps)	
CHURRASCO	$16.00
Sauted Beef Fillet w/Rice, Frieds and Egg	
MORO DE LENTEJA	$15.00
Lentils Rice served w/Beef Fillet or Chicken Breast	
CARNE APANADA	$15.00
Breaded Beef Fillet w/Rice and Lentils	
LOMITO SALTEADO	$15.00
Sautee Peppers, Onions and Beef Stripes w/Rice and Fries	
PECHUGA APANADA	$15.00
Breaded Chicken Breast w/Rice and Fries or lentils	
CARNE ASADA	$15.00
Grilled Beef w/Rice and Lentils	
LLAPINGACHO	$15.00
Potatoes Patty w/Sausage, Eggs and Peanuts Sauce	
SECO DE CHIVO	$14.50
Goat Stew w/Rice and Sweet Plantains	
PECHUGA ASADA	$14.00
Grilled Chicken Breastw/Rice andLentils	
SECO DE GALLINA	$13.00
Hen Stew w/Rice and Sweet Plantains	
GUATITA	$13.00
Beef Tripe w/Rice and Sweet Plantain	
BISTEC DE CARNE CON ARROZ Y PATACONES	$13.00
Sautee Onions, Peppers, Tomatoes and Beef Filiet w/Rice and Green Plantains	

Caldos - Sopas / Soups

SOPA MARINERA / Seafood Mixed Soup w/Rice	$19.99
CALDO DE BOLAS / Stuffed Green Plantain Ball Soup w/Rice	$15.00
CALDO DE SALCHICHA / Ecuadorian Style Sausage Soup w/Rice	$14.00
CALDO DE GALLINA / Hen Soup w/Rice	$13.00
CALDO DE PATA / Cow Heel Soup w/Rice	$13.00
ALMUERZOS	$ 9.00
MERIENDAS	$ 9.00
SOPA DEL DÍA	$ 6.00

Mariscos / Seafood

CEVICHE TRIPLE / Mixed ceviche with black clams, fish and shrimps	$26.00
LANGOSTA CON PASTA Labster with spaguetti or rice	$25.00
ARROZ MARINERO/Seafood Mixed Rice w/Sweet Plantains	$23.50
PARGO FRITO ENTERO / Red Snapper w/Rice, lentils and Tostones	$22.00
CORVINA EN SALSA DE MARISCOS	$22.00
Sea Bass Fillet with Seafood Mixed Sauce w/Spaguetti or Rice	
ARROZ CON CONCHA / Ecuadorian Black Clam Fried Rice w/Sweet Plantain	$21.50
ENCEBOLLADO MIXTO / Encebollado de Pescado with Shrimps w/Fried Corn	$20.00
CEVICHE MIXTO / Mixed Ceviche Choose two (Conch, Fish, Shrimps)	$20.00
ARROZ CON CAMARONES / Shrimp Fried Rice w/Sweet Plantain	$20.00
CAMARONES APANADOS/Breaded Shrimp w/Rice, lentils or Fries	$16.00
CEVICHE DE CONCHAS (Weekends Only)	$16.00
Ecuadorian Black Clam Ceviche w/Rice	
CEVICHE DE PESCADO (Weekends Only) Fish Ceviche w/Rice	$16.00
PESCADO FRITO / Fried Sea Bass Filet w/Rice, lentils and Tostones	$16.00
ENCEBOLLADO DE PESCADO	$14.00
Cassava, Cilantro, Onions and Albacore Fish Soup	
CEVICHE DE CAMARONES / Shrimp Ceviche	$14.00
BOLLO DE PESCADO / Fish Stuffed Grinded Green Plantain	$13.00

Ordenes Adicionales / Side Orders

CHIVO, GUATITA, CARNE, CAMARONES, PESCADO	$ 8.00
Goat, Beef Tripe, Beef Fillet, Shrimps or Fish	
PORCIÓN DE MORO DE LENTEJA	$ 8.00
Portion of Rice mixed with lentils	
ENSALADA DE AGUACATE / Avocado salad	$ 6.00
LENTEJA, MADURO, TOSTONES, PAPAS, AGUACATE	$ 6.00
Lentils, Sweet Plantain, Tostones, Fries, Avocado	
ARROZ / Rice	$ 3.50
SALSA DE CEBOLLA	$ 3.00
Marinated onions with tomatoes and coriander	
CHIFLES / Plantain Chips	$ 3.00

Menú de El Guayaquileño, publicado con permiso del restaurante

*****

45

Llegamos a la Queens Music Academy en Woodside. Cuando entramos en el *parking* veo a un hombre que conozco.

—Manos, ¡es Chris Kreider! —les digo.

—¿Quién? —pregunta Anthony—. Oh, él. Es Chris, el alumno de mi padre.

—No. No. Es Chris Kreider, el *winger* de los Rangers de New York. ¡Es el mejor de la liga NHL!

Es obvio que mis amigos nuevos no prestan atención al *hockey*.

—¿Puedo hablar con él? —pregunto.

Joe dice:

—Te lo presento, Sebastián, pero después de su lección, ¿está bien?

—Sí, señor. Gracias —le digo.

¡Estoy feliz, pero superfeliz!

Alex y yo entramos en el garaje para oír la práctica de la banda en la que está Anthony. Tocan muy bien. Tocan unas canciones de *rock* clásicas: «Eye of the Tiger» de Survivor y «We

Are the Champions» de Queen. Las canciones son buenas. Tengo dificultad para ir con mi silla de ruedas por el nuevo espacio, pero Alex me ayuda sin decir nada.

—Gracias, Alex —le digo.

—¿Por qué? —me dice sonriendo.

Al final de la lección, cuando Alex y yo jugamos con nuestros teléfonos, Joe entra en el garaje con Chris.

—Sebastián, te presento a Chris. Chris, este es un amigo nuevo de Anthony.

Chris Kreider me da la mano.

—Hola, Sebastián. Me dicen que eres un jugador fenomenal de videojuegos —me dice sonriendo.

—¿Juega usted con videojuegos también? —le pregunto.

—No. Prefiero leer cuando no juego al *hockey* —me dice.

—¿Qué? ¿Usted lee? ¿Libros? —le pregunto.

—¡Ja, ja! Sí, me encanta leer. ¿A qué más te

gusta jugar? —me pregunta.

—¿Como qué? —le pregunto—. Ahora solo veo los deportes. Antes jugaba al fútbol, pero ahora…

—Futbolista, ¿eh? ¿Como Messi o Ronaldo? —dice Chris.

No quiero hablar de fútbol, pero no quiero ser antipático con Chris Kreider. Entonces, no digo nada.

Chris me hace otra pregunta:

—¿Has jugado[41] al *hockey* antes?
—No, pero me gusta ver los partidos —le explico.
—Pues, no puedo invitarte a ver uno de mis partidos porque ya nos eliminaron del *playoff*…
Recuerdo el partido donde perdieron contra los Bruins de Boston. Fue horrible. Feo. Otra vez, no digo nada.

—… pero te puedo invitar a jugar con otro equipo…

—Señor Kreider, ¿usted no ve la silla? No

---

[41] has jugado: have you played.

puedo usar las piernas.

—Está bien —me dice—. Los otros jugadores tampoco usan las piernas. Usan trineos especiales para patinar sentados.

—¿QUÉ? —le pregunto muy emocionado—. ¿En serio?

—Sí. Hay muchos jóvenes —chicos y chicas— que practican con el equipo. Son atletas muy buenos.

—Pero ¿cómo uso el trineo en el hielo?

El señor Kreider es muy amable. Me explica que los jugadores usan palitos para moverse en el hielo. En una parte del palo especial hay un pico[42] y en la otra parte tiene una pala[43] para golpear el *puck*.

¡Fascinante! Tengo muchas preguntas. Y quiero contarle todo a mi papá inmediatamente, pero tenemos que salir ya para ir al parque.

—Señor Kreider, gracias por hablarme sobre el *hockey*. Me gustaría participar. ¿Tiene usted

[42] pico: spike.
[43] pala: blade.

49

más información?

—De nada, Sebastián. Voy a traer más información otro día. Pero ahora, puedes ir al sitio web de los New York Sled Rangers, www.wsfsledrangers.org.

—Gracias. Les voy a contar todo a mis padres. Mucho gusto conocerlo. Hasta luego.

Escuchamos música *rock* en el carro hasta llegar a la casa de Anthony, pero no presto atención. Cierro los ojos un momento y sueño con hacer deporte otra vez.

Capítulo 9
Anthony

—¡Vamos, chachos! —les digo a mis amigos—.
¡Vamos a comer!

Decidimos comer en uno de los camiones de
comida que hay en Flushing Meadows Corona
Park, cerca del Queens Zoo. Hay muchos
camiones y tienen muy buena comida.

—Ant, ¿hablas de otros temas también? —me
pregunta Alex.

—Sí, Anthony. Solo hablas de comida —dice
Sebas—.

—Me encanta la comida —les digo—, todo tipo
de comida.

—Entonces, vamos a comer comida
ecuatoriana un día, ¿OK?

—¡Sí! Buena idea. Y después de comer hoy,

vamos al Lemon Ice King of Corona —les digo corriendo por la acera.

—¿Es el restaurante del programa «King of Queens» de antes? No lo conozco.

—Sí, Sebastián —dice Alex—. Es excelente. Te va a gustar.

Seguimos al parque. Estoy delante de mis dos amigos, entonces paro y me doy la vuelta.

—Anthony, ¿hablas de otros temas o solo de comida? —me pregunta Alex.

—Otros temas que conozco bien son… —les digo con una sonrisa— la música y los deportes. ¿Vieron el partido de los Stars anoche?

Mis amigos no me contestan, pero no hice la pregunta para que me contestaran[44]. Me gusta hablar y me gusta pasar tiempo con mis amigos. Y me gusta la libertad[45]. Ya tengo catorce años —pues, casi— y necesito más

---

[44] pero no hice la pregunta para que me contestaran: I didn't
   ask the question so they would answer me.
[45] libertad: freedom.

libertad. La vida para mí es fantástica.

Recorremos[46] doce cuadras para llegar al parque Flushing Meadows. Aprendimos en la clase de Matemáticas que una milla es igual a diez cuadras; entonces, hoy vamos a caminar y rodar más de dos millas en total.

Alex es un poco perezoso y le hace una pregunta a Sebastián:

—Oye, Sebas, ¿puedo montarme en tu silla de ruedas por atrás?

Sebas responde:

—Solo si vas a ayudar a empujar un poco. Pesas[47] mucho, hombre. ¡Ja, ja!

Estoy muy feliz. Me encantan mis amigos. Jugamos juntos a los videojuegos, hablamos de tonterías[48] y hacemos chistes. No, no somos muy maduros, pero no es necesario. Somos adolescentes.

No sé por qué tengo tanta energía esta tarde,

---

[46] recorremos: we go down.
[47] pesas: you weigh.
[48] tonterías: nonsense.

pero sigo corriendo[49] como loco. Y Sebas (con Alex atrás) me siguen a su ritmo. Me paro para mirarlos.

—Empuja más, Alex. ¡Vamos! Con tu peso[50] podemos ir más rápido —dice Sebas.

—OK, ¡espera! —responde Alex.

Veo que mis amigos van muy rápido por la acera. Me pasan en la silla de ruedas a una velocidad increíble. Me pasan zumbando[51].

—¡Vayan, chachos! —les digo.

Van muy rápido. No sé si van a poder parar antes de llegar a la calle…

Los persigo[52]. Estoy tan feliz y con tanta energía que trato de saltar[53] por la pared como vi hacer a algunos tipos por YouTube, pero de repente[54], veo de reojo[55] que mis amigos se paran y se caen.

---

[49] sigo corriendo: I keep running.

[50] peso: weight.

[51] zumbando: whizzing.

[52] los persigo: I follow them.

[53] saltar: jump.

[54] de repente: suddenly.

[55] de reojo: out of the corner of my eye.

Sin poder hacer nada, yo también trato de parar pero… ¡Ay, ay, ay!

Y me caigo, pero con mucha fuerza.

¡CARAY!

Capítulo 10
Nicolás

Todavía pienso en la pelea[56] que tuvimos Sebastián y yo el otro día durante el clásico, un partido entre el Real Madrid y el Barça[57], que ocurre dos veces en cada temporada. Nunca lo vi tan enojado.

—¡Sebas! —lo llamé—. ¡Vamos! Es la hora del partido.

—No lo voy a ver —me dijo.

—¿Cómo? ¿Qué? Siempre vemos los clásicos juntos.

—Ya no más. No lo voy a ver.

—Sebas, vamos. Es una tradición —le dije.

---

[56] pelea: fight.

[57] Real Madrid y Barça: professional soccer teams belonging to la Liga, the men's top division of the Spanish soccer league.

—YA NO MÁS, PAPÁ. No quiero ver más fútbol en mi vida. Ya no soy jugador. ODIO el deporte.

La conversación fue horrible. Y sí, yo sé que mi hijo todavía sufre por no poder jugar al fútbol, pero no sabía cuánto. Solo quería ver el partido con mi hijo, lo normal. No pensaba que ya no fuera[58] normal para él.

Desde ese día hay un poco de tensión entre Sebas y yo...

Pero no puedo pensar más en la tensión, porque suena mi teléfono. Es Sebas.

—Hola, Sebas.

—Papá, necesitamos ayuda —me dice mi hijo.

—¿Qué pasó? —le pregunto.

—Hubo un accidente.

¡Ay, no! Al instante pienso en el otro accidente horrible de hace varios meses. Me pongo nervioso, pero le pregunto en un tono calmado:

—¿Estás bien?

---

[58] no fuera: it wasn't.

—Sí, papá. Estoy bien. Pues, Alex y yo nos caímos por haber ido con la silla de ruedas[59] demasiado rápido, pero...

—¿Pero estás bien?

—Sí, papá. Alex me ayudó con la silla. Ese no es el problema.

—OK. ¿Cuál es el problema?

—Anthony se cayó también y ahora su brazo está mal. No lo puede mover.

—¿Dónde están ustedes?

—Estamos en la Avenida Corona con la calle 104.

—Cerca de la clínica Corona, ¿no? —le pregunto—. ¿La clínica está allí?

—Sí —me dice Sebas.

—¿Puede caminar Anthony?

—Sí.

—OK. Vayan ustedes a la clínica. Voy a estar allí

---

[59] por haber ido con la silla de ruedas: for having wheeled.

en unos minutos.

—Está bien, papá.

—Y Sebas, ¿cuál es el número de teléfono del padre de Anthony?

Me da el número y le pregunto otra vez a mi hijo:

—Sebas, ¿seguro que estás bien?

—Sí, papá. No te preocupes.

—Bien. Tengan cuidado.

¡Ay! Los muchachos adolescentes…, con ellos nunca hay un momento aburrido.

Capítulo 11
Joe

Estoy tocando la guitarra, preparándome para el *show* que va a haber en varias semanas. Vamos a tocar «Champagne Supernova» de Oasis y «Fortunate Son» de Credence Clearwater Revival. Va a ser el primer *show* para Chris, mi nuevo alumno. Es nuevo con la guitarra, pero tiene muchas ganas de aprender. Para la próxima lección le voy a enseñar unos nuevos acordes…

El teléfono suena. Miro el número. Dice que es local, pero no lo conozco.

No tengo tiempo para un teleóperador, no contesto.

En un minuto escucho el tono que me dice que tengo un mensaje:

«Hola, señor Tropea. Le llama Candace, soy enfermera en la Clínica…».

Escucho el mensaje. Mencionan algo sobre un

accidente pero no lo oí bien. No había buena conexión. ¿Qué pasó? ¿Le pasó algo a Sebastián? Es la primera vez que Anthony tiene un amigo con discapacidad y sé que los chicos no toman buenas decisiones siempre...

Devuelvo la llamada[60] inmediatamente.

—Hola. Buenas tardes. Soy Joe Tropea. Usted me llamó sobre un accidente y mi hijo, pero no oí bien el mensaje. ¿Está bien?

—Hola, señor Tropea. Sí. Está bien. Pero antes de poder ayudarlo, usted necesita venir a la clínica.

—Ahora voy. Muchas gracias.

*****

Llego a la clínica y veo a los chicos, Anthony, Alex y Sebastián, con un hombre en la sala de espera. Tiene que ser el padre de Sebastián. Son muy parecidos[61]. Él se acerca[62] y me da la mano para presentarse.

---

[60] devuelvo la llamada: I call back.
[61] parecidos: similar.
[62] se acerca: he approaches me.

—Hola. Soy Nicolás, el padre de Sebastián.

—Hola. Me llamo Joe. Mucho gusto. ¿Qué pasó?

—Todos están bien, pero es un cuento, Joe. Un cuento —me dice Nicolás sonriendo.

Anthony está en una silla sosteniendo[63] su brazo. Me mira con una sonrisa tímida.

—¿Qué pasó, Ant? —le pregunto.

Me cuentan lo qué hacían en la acera y cómo se cayeron todos.

—Pues, estoy feliz de que no pasó nada malo. Pero ¿podemos hablar de por qué ustedes necesitan usar un poco más de sentido común[64] en el futuro? —les digo a todos con una sonrisa también.

—Buena idea —dice Nicolás.

Quiero empezar «un discurso de padre» cuando un enfermero entra y llama a Anthony. Él y yo entramos en un cuarto para esperar al

---

[63] sosteniendo: holding.
[64] sentido común: common sense.

médico.

Capítulo 12
Sebastián

Después de dejar a Alex en su casa, mi padre me habla en un tono serio.

—Sebas, tienes que tener cuidado. No puedes…

—Papá, no pasó nada. Sí, íbamos rápido…

—Pero cuando no tienes el control como antes…

—Eso es, papá. Extraño la sensación de ir rápido como cuando corría en el fútbol.

—Sebas, lo siento. Lo siento mucho. Sé que esta situación es difícil para ti —me dice mi papá—. Y siento mencionar tanto el fútbol. Es que me gusta pasar tiempo contigo y antes…

¡Oh! Mi papá no está enojado porque yo no pueda jugar al fútbol, está triste.

—Papá, ¿solo mencionas el fútbol porque quieres pasar el rato conmigo? ¿No estás enojado porque no voy a jugar al fútbol profesional?

—Ay, no, Sebas. Sí, me encanta el fútbol, pero te quiero a ti. Eres más importante que un deporte.

—Gracias, papá. Te quiero también.

En ese momento recuerdo la conversación con Chris Kreider.

—¡Oh, papá! Tengo buenas noticias.

—¿Sacaste buena nota? —me pregunta.

—No, pues, sí. Siempre saco buenas notas, pero mis notas no son las buenas noticias —le explico.

—Pues…

—Conocí a Chris Kreider hoy.

—¿El jugador de *hockey* profesional? ¿Dónde?

—En la academia donde practica —eh, practicaba— Anthony.

—Ah, sí. El muchacho no va a poder tocar la guitarra por un tiempo —me dice mi padre.

—Papá, el señor Kreider mencionó un equipo de *hockey* para atletas con discapacidad como yo. Me explicó que los jugadores usan trineos para patinar en hielo. ¿Puedo jugar? Podemos pasar más tiempo juntos con un deporte nuevo… —le pido a mi padre.

Con una mirada de «por favor» le digo ahora a mi papá:

—O ¿te puedo enseñar a jugar a los videojuegos? ¡Ja, ja!

A mi padre no le gustan nada los videojuegos - ni los videojuegos como FIFA—.

—Está bien, Sebas. Vamos a ver información sobre ese equipo.

—Gracias, papá. Tengo el sitio web…

Mi papá sonríe y yo también sonrío. Estoy muy feliz.

Capítulo 13
Anthony

Mis días como Spiderman ahora no son parte de mi vida. Estoy con un yeso[65] en el brazo por cuatro semanas. Me quebré[66] la muñeca ese día en la calle. Uf, no es fácil tener una parte del cuerpo que no funciona. Estoy molesto. No puedo escribir bien. No puedo bañarme. Y no puedo comer bien.

Sí, la vida para mí ahora es un poco incómoda, pero cada vez que me frustro, pienso en Sebastián. Mi situación es temporal pero su situación es permanente, entonces, no digo nada.

Estoy aburrido. Mi papá habla conmigo una tarde.

---

[65] yeso: cast.
[66] me quebré: I broke.

—Anthony, ¿qué pasa? —me pregunta mi papá.

—Nada. Estoy aburrido.

—¿No tienes tarea?

—Ya la hice.

—¿Y jugar a la Xbox con tus amigos?

—Alex practica con la banda y Sebas está en la práctica de *hockey*.

—¿Ah, sí? ¿Juega con el equipo que mencionó Chris?

—Sí. A Sebas le encanta, aunque dice que es difícil.

—Todo es difícil al principio. ¿Te acuerdas de tu primera lección con la guitarra?

—Sí. Fue horrible. Quería dejar de tocar.

—Y ¿por qué no la dejaste?

—Porque me encanta la música.

—Igual que Sebas, si le gusta el deporte, va a trabajar más; como tú con la guitarra.

Busco comida en el refrigerador.

—Papá, ¿vas a tocar la guitarra esta tarde?

—Sí, claro. ¿Por qué? —me pregunta.

—¿Puedes tocar «Whipping Post» de los Allman Brothers? Quiero ver cómo es el solo de la guitarra.

—¿Ah, sí? ¿Estás practicando la guitarra en tu mente? —me pregunta.

—Sí. Cómo me encantaría[67] poder tocar ahora.

—¿La extrañas? —me pregunta.

—Sí —le digo.

—¿Por qué dejaste de practicar en casa?

—No sé… —le admito.

—Pero si te gusta tanto…

—Sí, me gusta. Pero cuando te oigo tocar…

—¿Qué? —me pregunta.

---

[67] me encantaría: I would love.

—Es que… no puedo tocar como tú. No soy perfecto como tú —le digo.

—Ant, toco la guitarra por más de veinte años. Solo tienes trece años.

—Sí, pero no quiero que pienses mal de mí.

—¿¿Qué?? ¿Por qué voy a pensar mal de ti?

—Por no ser perfecto como tú —le digo.

—Anthony, te quiero. No importa la perfección —me dice mi papá.

—Pues, ¿por qué me hablas tanto sobre la práctica?

—Anthony, eres talentoso. Un don natural[68]. Más talentoso que yo cuando tenía tu edad.

—¿Y? —le pregunto.

—No quiero que pierdas[69] la oportunidad, pero solo si te gusta. Además, me gusta tocar contigo.

—Pero siempre me gritas —le digo.

---

[68] un don natural: a real natural.
[69] no quiero que pierdas: I don't want you to waste.

—Lo siento. Me frustra ver tanto talento sin usar. Y la verdad es que no quiero perder esta conexión que tenemos.

No sé qué decir. Normalmente mi papá no me habla así, con tanta honestidad.

—Entonces, ¿te GUSTA pasar tiempo conmigo? ¡Ja, ja! —le pregunto.

—Cuando no estás enojado —me dice.

—Pero, papá. Estar enojado es divertido.

—Lo sé, Ant. Lo sé. Voy a tocar la guitarra. Puedes escuchar la canción para estudiarla.

—Está bien. Gracias. Voy a ser mejor que tú algún día.

—No hables así, hijo. Todavía ¡soy el mejor guitarrista en esta familia!

—OK, papá. ¡Ja, ja!

Capítulo 14
Joe

Pienso en la conversación que tuve con Anthony el otro día. Tiene que ser difícil ser adolescente hoy en día. No era así cuando yo era joven.

En ese momento, mi hijo llega a casa.

—Hola, papá. ¿Qué tomamos para la cena?

Este muchacho es completamente hijo mío, cómo piensa en la comida.

—Hola, Ant. Vamos a ordenar una *pizza*. No tengo tiempo para preparar una cena.

—OK. ¿Vas a salir esta noche?

—No, tengo una lección con Chris por Zoom. Mañana es el *show* de los adultos y él quiere practicar un poco más.

—¿Puedo ir contigo mañana?

—Claro. ¿Vas a invitar a Sebas y a Alex?

—Ya los invité —me dice mi hijo sonriendo—.
¡Tuve que invitarlos en la escuela porque NO
TENGO teléfono celular!

Es interesante. Mi hijo es más maduro ahora.
¿Fue el accidente en la calle?, ¿sus amigos? No
sé.

—¿Qué tal si te compramos un teléfono este
fin de semana?

—¿Sí? —me pregunta, sorprendido.

—Sí. Pero ahora necesito que llames a la
pizzería en media hora. Una grande con
pepperoni…

—… Y una pequeña solo con queso. Ya sé, papá
—me dice.

—Gracias, hijo. Me voy a conectar con Chris
ahora.

—Muy bien, papá.

Capítulo 15
Chris

Después de casi cuatro meses llega el día de mi primer *show* de la Queens Music Academy. Tomo la guitarra y voy a la academia en el carro para llegar a tiempo. No quiero llegar tarde.

Estoy emocionado.

No. Estoy nervioso.

No. Estoy emocionado. He practicado[70] mucho para poder tocar la guitarra en este show. Esta noche va a ser excelente, pienso.

Llego a la Queens Music Academy y veo muchos carros. ¿Por qué hay tanta gente?

Ahora estoy más nervioso.

Entro y saludo a mis nuevos amigos.

---

[70] he practicado: I have practiced.

—Hola, Joe. Hola, Aaron.

—Hola, Chris. ¿Estás listo para tocar *rock 'n' roll*? —pregunta Aaron.

—Er, um… ¿sí? —le digo, pero no estoy seguro.

—Vamos.

En media hora la banda está lista para tocar. Tengo mi guitarra, pero no sé si estoy listo para tocar. Hay más o menos cincuenta personas para ver el show. Empiezo a sudar[71]. Sudo mucho.

Aaron, el bajista[72], está a mi lado y me pregunta:

—Hombre, ¿qué te pasa? Estás sudando y estás muy pálido.

—Estoy muy pero muy nervioso —le digo.

—¿Para tocar? ¿Frente a esta poca gente? —me pregunta Aaron.

—Sí —le digo.

---

[71] sudar: to sweat.
[72] bajista: bassist.

—Hombre, estás acostumbrado a jugar al *hockey* frente a miles de personas.

—Sí. Es verdad. Pero soy bueno en el *hockey*...

—Tranquilo. Te va a gustar. Y si haces errores, sigue tocando. ¡Es lo mejor!

—Está bien. Vamos a tocar el *rock 'n' roll* —le digo con una sonrisa nerviosa.

Durante el *show*, tocamos quince canciones. Después de las dos primeras, sonrío y me relajo. Aaron tiene razón. Tocar es muy divertido. ¡Me encanta la experiencia!

Después del *show*, Aaron y Joe me preguntan:

—¿Qué tal?

—¿Te gustó?

—Sí —les digo—. Me gustó mucho. Estaba muy nervioso al principio, pero con cada canción, me relajé. Las luces eran tan brillantes que no pude ver a la audiencia bien. Eso me ayudó mucho. Gracias por la ayuda y el apoyo[73].

---

[73] el apoyo: support.

En ese momento veo a Anthony, el hijo de Joe, y a su amigo, Sebastián.

—Hola, Chris —me dice Anthony—. Tocaste muy bien. ¡Felicidades! ¿Estabas nervioso?

—¿Fue muy evidente? —le pregunto—. Estaba muy nervioso. Quería vomitar, en serio.

—Es normal. El primer *show* es lo más difícil.

—A mí me gustó también, Chris —me dice Sebastián—. Y después de dos canciones, no parecías nervioso.

—Gracias. Y gracias por venir, muchachos. Gracias por el apoyo.

—Claro —me dice Sebastián.

—Y Sebastián, ¿sigues con el *hockey*? —le pregunto.

—Sí. Mañana es el primer partido. Estoy emocionado —me dice Sebastián.

—Y ¿nos invitas a ver el partido? —le pregunto.

—Um, er… OK. Pero no soy muy bueno… No juego como tú, Chris —me dice Sebastián.

—Ay, Sebastián. No te preocupes. ¿Cuándo empezaste a jugar?

—Hace dos meses, más o menos.

—Exacto. Nadie es profesional después de dos meses —le digo.

—Entonces, sí. Los invito a todos al partido mañana. Es a la seis de la tarde en el World Ice Arena en Flushing —nos dice Sebastián.

—Va a ser una fiesta —dice Aaron—. ¿Me invitas también?

—Claro. Todos pueden venir —dice Sebastián.

—Vas a jugar muy bien, Sebas —dice Anthony.

—Gracias, Ant.

Me despido de mis amigos y, cuando llego a casa, pienso en la experiencia. Sí, estuve nervioso al principio. Pero después, me relajé y me divertí. Hice algunos errores, pero es normal. Aun los músicos profesionales tocan mal las notas a veces.

Es normal estar un poco nervioso en

situaciones nuevas, y esta noche fue una experiencia nueva para mí. Pero al final puedo decir que me divertí mucho.

No puedo esperar al próximo *show*.

Capítulo 16
Sebastián

Estoy con el equipo de los New York Sled Rangers por dos meses ya. Me encanta. Me encanta el deporte y me encanta la gente. Tengo muchos amigos nuevos.

Mi equipo es muy interesante. Hay jóvenes de todas las edades, desde los ocho hasta los veintiún años y, aunque cada jugador tiene razones diferentes, la conexión entre nosotros es que nos encantan los deportes y que, claro, no podemos jugar al *hockey* «a pie».

Uno de los mejores jugadores en el equipo se llama Sam. Tiene mucho control del trineo y de los palitos. Le pregunté un día por qué es tan fuerte.

—Sam, juegas muy bien al *hockey*. ¿Cómo controlas el trineo?

—Es difícil, ¿verdad? Al principio no fue fácil

para mí tampoco. Entonces, empecé a levantar pesas. Para jugar muy bien al *hockey* en trineo, necesitas tener la parte superior del cuerpo muy fuerte: los brazos y los abdominales.

—Ah, sí. Entiendo. Voy a empezar.

—Y si necesitas ayuda con un plan, pregúntame.

—Gracias.

Desde ese día empecé con las pesas. Levanto las que hay en la casa y uso mi cuerpo. Me ayuda mucho, no solo físicamente, sino mentalmente también.

He practicado mucho y esta noche es el primer partido de nuestro equipo. Estoy listo y emocionado.

No. Estoy nervioso.

No. Estoy emocionado. Me he preparado mucho para poder jugar. Esta noche va a ser excelente.

Entonces, ¿por qué estoy tan nervioso?

Llego con mi papá al World Ice Arena. Sí yo

estoy emocionado, mi papá está en el cielo.

—Sebas, ¿estás listo? Te vas a divertir mucho esta noche —me dice.

—Sí, papá. Estoy listo, pero nervioso también. Quiero vomitar.

—Claro, hijo. La primera vez siempre se pone nervioso uno. Te vas a relajar cuando estés en el hielo.

Entramos en la arena y estoy a punto de entrar en la pista de hielo. Inmediatamente, veo a todos los amigos que invité al partido: Anthony, Alex, Joe y Chris. ¡Ay, Dios! ¡Chris Kreider está aquí para verme jugar al *hockey*!

¡Qué bien! Errr…

Ahora estoy más nervioso que nunca. Sí, quiero vomitar.

No quiero.

No puedo.

No quiero jugar.

No puedo continuar.

Y me paro.

Hay otro jugador que quiere entrar.

—Vamos, Sebas. Tenemos que entrar al hielo.

—No. No puedo —digo—. No puedo jugar.

Y entonces, uso toda mi fuerza para cambiar la dirección del trineo. Necesito salir.

Grito a uno de los asistentes adolescentes:

—¡Ayúdame! Quiero salir.

Estoy completamente paralizado.

Capítulo 17
Anthony

En la pista de *hockey* es evidente que hay un problema.

—Señor Zambrano, mire a Sebas —le digo.

—¿Qué pasa? —me pregunta.

—No quiere entrar al hielo —le digo.

Mi papá y Chris paran de hablar y miran también a donde está Sebas.

El señor Zambrano se levanta para hablar con su hijo. Chris habla con Nicolás:

—Nicolás, ¿puedo hablar con Sebas? Entiendo el problema —dice Chris.

—Claro. Probablemente es mejor…

Ahora Chris me dice:

—Ant, vamos.

—¿Yo? ¿Por qué yo?

—Porque tú eres un buen amigo y Sebas te necesita. Vamos —dice Chris.

Chris y yo caminamos a donde está Sebastián. Está cerca de la pared escuchando a su entrenador.

—No es nada —dice el entrenador—. Todos están nerviosos al principio.

—No quiero y no puedo. No voy a jugar.

Sebastián nos mira. Su cara está roja. Ha estado llorando[74].

Chris es un hombre famoso, sí, pero es una persona excelente. Se sienta al lado de Sebas y le habla:

—Sebas, ¿qué pasa, hombre? Vas a jugar, ¿no?

—No puedo. No quiero y no puedo —dice Sebas.

—Sí puedes. Me dices cada semana en la academia que juegas mejor. Pero eso de «no

---

[74] ha estado llorando: he has been crying.

querer»...

Sebastián no nos dice nada. No reacciona.

¿Qué piensa?

Capítulo 18
Sebastián

Chris me habla otra vez:

—¿Cuál es el problema, Sebas?

—Era bueno al fútbol pero ya no puedo jugar al fútbol. No soy jugador de *hockey* y no soy bueno con el *hockey* —grito.

Anthony dice:

—No, no juegas al fútbol pero eres un atleta y eres fuerte.

Hay silencio por unos minutos. Chris me habla otra vez:

—Sebas, ¿te acuerdas de mi *show* en la QMA? —me pregunta Chris—. Esa noche yo estaba muy nervioso.

—¿Por qué? —le pregunto.

—No quería tocar la guitarra frente a tantas

personas —dice Chris.

—Pero estás acostumbrado a jugar al *hockey* frente a miles de personas —le digo.

—Exacto, estoy acostumbrado a jugar al *hockey* frente a miles de personas. No estaba acostumbrado a tocar la guitarra para nadie.

—Estoy muy nervioso —les digo a Chris y a Anthony—. Quiero vomitar.

—Yo también —me dice Chris.

Ahora Anthony habla:

—¿Quieres vomitar, Chris? ¿Ahora? ¿Por qué?

—No. ¡Ja, ja! —dice Chris—. Ahora no. Pero esa noche sí.

—¿Cómo sabes que todo va a salir bien? —le pregunto.

—Aquí estoy. No me pasó nada, ¿verdad? —me dice Chris.

—Sebas, Chris tiene razón. En el momento que empieces a jugar, vas a recordar por qué te gustan los deportes y que eres fuerte.

—Y ahora, usa esa fuerza para llegar al hielo, porque no puedes jugar al *hockey* aquí fuera —dice Chris.

Espero unos minutos más sin decir nada. Necesito pensar.

Finalmente hablo.

—OK. Voy a jugar. ¿Me ayudan con el trineo, por favor?

Es verdad que soy muy fuerte. Y es verdad que soy atleta.

Entro en el hielo y empiezo a usar los palitos para moverme rápido. Casi inmediatamente se me quita la náusea[75] y estoy volando. Sam me pasa con su trineo en ese momento y, con una sonrisa enorme, me da una palmada[76] con el guante.

Todavía soy atleta.

Soy jugador de *hockey*.

---

[75] se me quita la nausea: the nausea goes away.
[76] palmada: slap.

GLOSARIO

A

a – to, at
abdominales - sit ups
abierta - open
abre - s/he, it opens
abrirla - to open it
abro - I open
aburrido - boring
academia - academy
acceso - access
accidente - accident
acción - action
acera - sidewalk
acompaña – s/he, it. accompanies
acompañar - to accompany
acompañe - I, s/he accompanies
acordes - chords
acostumbrado - accustomed
acuerdas – you remember
(me) acuerdo - I remember
(de) acuerdo - in agreement
además - besides
admito - I admit
adolescencia - adolescence

adolescente(s) - adolescent(s)
adultos - adults
ahora - now
al - to the
algo - something
algunos - some
algún - some
allí - there
alumno(s) - student(s)
amable - kind
americano - American
amigo(s) – friend(s)
anoche – last night
año(s) – year(s)
antes - before
antipático - mean
apartamento - apartment
aprender - to learn
aprendimos - we learned
aprovechar - to take advantage
aquí - here
arena - arena
asistentes - assistants
así - so
atención - attention
atleta(s) - athletes
atrás - behind
audiencia - audience

audífonos - earphones
aun - even
aunque - though
autobús - bus
avenida - avenue
ayer - yesterday
ayuda - s/he, it helps
ayuda - help
ayúdame - help me
ayudan - they help
ayudar - to help
ayudarlo/me/te - to help him/me/you
ayudo - I help
ayudó - s/he, it helped

B
baja - s/he goes down, s/he gets out
bajar - to go down
balón - ball
banda(s) - band(s)
batalla - battle
(se) baña - he bathes
bañarme - to bathe myself
bien - well
bienvenido - welcome
boletos - tickets
brazo(s) - arm(s)
brillantes - brilliant
buen/a/o(s) - good

busco - I look for

C
cada - each
caen - they fall
caerse - to fall
caigo - I fall
calle - street
calmado - calm
cámara - camera
cambiar - to change
camina - s/he walks
caminamos - we walke(d)
caminar - to walk
camiones - trucks
camiseta - T-shirt
canciones - songs
canción - song
cara - face
caray - darn it!
carro(s) - car(s)
casa(s) - house(s)
casi - almost
catorce - fourteen
cayeron - they fell
cayó - he fell
caímos - we fell
celebrar - to celebrate
celular - cell
cena - dinner
cerca - close
chachos - guys
chao - 'bye
chicas - girl

chico(s) - boy(s)
china - Chinese
chistes - jokes
cielo - sky
ciencias - science
cierro - I close
cinco - five
cincuenta - fifty
claridad - clarity
claro - of course
clase - class
clásica/o(s) - classic
clínica - clinic
clóset - closet
cocina - kitchen
come - he eats
comentarios - comments
comer - to eat
comida - food
como - like, as
cómo - how
compartimos - we share(d)
compañero - friend
completa - complete
completamente - completely
compramos - we buy, bought
compré - I bought
comunidad - community
común - common
con - with
concierto - concert

conectar - to connect
conecto - I connect
conexión - connection
confundido - confused
conmigo - with me
conocen - they know
conocerlo - to know him/it
conoces - you know
conocí - I met
conozco - I know
consejero - counselor
consejo - advice
contactarte - to contact you
contar - to tell
contarle - to tell him
contesta - s/he answer
contestan - they answer
contesto - I answer
contigo - with you
continuamos - we continue(d)
continuar - to continue
contra - against
controlar - to control
controlas - you control
contó - s/he, it told

conversación –
conversation

Corona –
neighborhood in
Queens, NY

corre – he runs

correo – post office

correr – to run

corriendo – running

corro – I run

corría – I, he ran

cosas – things

creer – to believe

creo – I believe

cuadras – city blocks

cuando – when

cuál – which

cuándo – when

cuánta/o(s) – how
much, many

cuarenta – forty

cuarto – room

cuatro – four

cuentan – they tell

cuento – story

cuerpo – body

cuidado – careful

D

da – s/he, it gives

dale/me – give to
him/me

dar – to give

darle – to give to him

de – from, of

decidimos – we
decide(d)

decimos – we tell

decir – to tell

decirme – to tell me

decisiones –
decisions

decisión – decision

defensor – defender

dejar – to leave
behind

dejaste – you left
behind

del – from, of the

delante – in front of

demasiado – too
much, many

depende – it depends

deporte(s) – sport(s)

desde – from

(me) despido – I say
good-bye to

después – after

día(s) – day(s)

dice – s/he says

dicen – they say

dices – you say

dieron – they gave

diez – ten

diferente(s) –
different

dificultad – difficulty

difícil(es) – difficult

digo – I say

dije – I said

dijiste – you said

dijo - s/he said
dinero - money
dio - he gave
dios - god
dirección - address
directo - direct
director/a - director
dirijo - I direct
discapacidad -
   disability
disculpa - pardon
disculpe - pardon
discurso - talk
discutir - to discuss
divertido - fun
divertir - to have fun
(me) divertí - I had
   fun
doce - twelve
domingos - Sundays
donde - where
dónde - where
dos - two
doy - I give
dribla - he dribbles
durante - during

E
económica -
   econonmic
Ecuador - country in
   South America
ecuatoriana/o(s) -
   Ecuadorian
edad(es) - age(s)
el - the

él - he
electrónico -
   electronic
eliminaron - they
   eliminated
ellos - they
emocionado(s) -
   excited
emoción - emotion
empecé - I started
empezamos - we
   start(ed)
empezar - to start
empezaste - you
   started
empezó – s/he
   started
empieces - you start
empieza - s/he, it
   starts
empiezo - I start
empuja - s/he, it
   pushes
empujar - to push
en - in, on
encanta - it really
   pleases
encantan - they
   really please
energía - energy
enfermera/o - nurse
enojado - angry
enorme - enormous
enseña - s/he, it
   teaches
enseñar - to teach

enseño - I teach
entiendo - I understand
entonces - then
entra - s/he, it enters
entramos - we enter(ed)
entrar - to enter
entre - between
entrenador - coach
entro - I enter
entré - I entered
entró - s/he, it entered
equipo - team
era - I, s/he was
eran - they were
eres - you are
errores - errors
es - s/he, it is
esa/e/o - that
escaleras - stairs
escribir - to write
escribo - I write
escucha - s/he listens
escuchamos - we listen(ed)
escuchando - listening
escuchar - to listen
escucho - I listen
escuela - school
espacio - space
especial(es) - special

especialmente - especially
espejo - mirror
espera - s/he waits, hopes
esperaba - I, he waited, hoped
esperando - waiting
esperar - to wait
espero - I wait, hope
esta/e - this
estaba - I, s/he was
estabas - you were
establecer - to establish
estamos - we are
estar - to be
estará - he will be
estos - these
estoy - I am
estudiante(s) - students
estudiarla - to study it
estuve - I was
está - s/he, it is
están - they are
estás - you are
estés - you are
estúpido - stupid
evidente - evident
exacto - exact
excelente(s) - excellent
experiencia - experience

96

explica - he explains
explicar - to explain
explicarle - to
    explain to him
explico - I explain
explicó - s/he
    explained
extrañas - you miss

F
fácil - easy
familia - family
famoso - famous
fantástica - fantastic
fanático - fanatic
fascinante -
    fascinating
(por) favor - please
favorita(s) - favorite
felicidades -
    congratulations
feliz - happy
fenomenal -
    phenomenal
feo - ugly
feriados - holiday
fiesta - party
fin - end
finalmente - finally
físicamente -
    physically
Flushing -
    neighborhood in
    Queens, NY
formar - to form
frase(s) - sentence(s)

frente - in front of
frustra - it frustrates
frustrado - frustrated
(me) frustro - I get
    frustrated
fue - s/he, it was,
    went
fuera - outside
fuerte - strong
fuerza - strength
funciona - it
    functions
funcionan - they
    function
fútbol - soccer
futbolista - soccer
    player
futuro - future

G
gana - it wins
ganaron - they won
ganas - you win
garaje - garage
gente - people
gimnasio - gym
gol - goal
golpear - to hit
gracias - thank you
grande - big
grave - serious
grita - s/he yells
gritar - to yell
gritas - you yell
grito - I yell
gritos - yells

grupo - group
guante - glove
guardia - guard
(El) Guayaquileño -
    Ecuadorian
    restaurant in
    Queens
guitarra - guitar
guitarrista - guitarist
gusta - it is pleasing
gustan - they are
    pleasing
gustar - to please
gustaría - it would
    please
(mucho) gusto -
    pleasure
gustó - it was
    pleasing

H
ha - has
habla - s/he speaks
hablaba - I, s/he
    spoke
hablamos - we speak
hablan - they speak
hablar - to speak
hablarme - to speak
    to me
hablas - you speak
hables - you speak
hablo - I speak
hablé - I spoke
había - there was,
    were

hace - s/he, it does
hacemos - we do
hacer - to do
hacerlo - to do it
haces - you do
hacia - toward
hacían - they did
hago - I do
has - have
hasta - until
hay - there is, are
he - have
hermano - brother
hice - I did
hiciste - you did
hielo - ice
hijo(s) - son(s)
hispanos - Hispanics
hola - hi
hombre - man
honestidad - honesty
hora(s) - hour(s)
hoy - today
hubo - there was,
    were
huracanes -
    hurricanes

I
íbamos - we went
idioma - language
ido - gone
igual - equal
imagen - image
importa - it matters

importante(s) –
   important
imposible –
   impossible
increíble - incredible
incómoda –
   uncomfortable
independiente-
   independent
información –
   information
inmediatamente –
   immediately
instante - instant
instrucciones –
   instructions
instrumento –
   instrument
interesaba - it
   interested
interesante –
   interesting
intereses - interests
invitar - to invite
invitarlos/te - to
   invite them/you
invitas - yo invite
invito - I invite
invité - I invited
ir/me/nos - to go

J
ja - ha
Jackson Heights –
   neighborhood in
   Queens, NY

joven - young
jóvenes - young
juega – s/he, it plays
juegas - you play
juego - I play
juegos - games
jugaba – I, s/he
   played
jugabas - you played
jugador(es) –
   player(s)
jugamos – we
   play(ed)
jugando - playing
jugar - to play
juguemos - we play
junta/o(s) - together

L
la - the, it
lado - side
las - the, them
le - to her/him
lecciones - lessons
lección - lesson
lee - s/he, it reads
leer - to read
lenta - slow
les - to them
(se) levanta - he gets
   up
levanta - s/he lifts
levantando - liftnig
levantar - to lift
levantas - you lift
levanto - I lift

leí – I read
libros – books
liga – league
lista/o – ready
llama – s/he, it calls
llamada – call
llámame – call me
llamar/lo – to
    call/him
llamaste – you called
llames – you call
llamo – I call
llamé – I called
llamó – s/he, it
    called
llega – s/he, it
    arrives
llegamos – we
    arrive(d)
llegar – to arrive
llego – I arrive
llegue – I, s/he
    arrive(s)
lleva – s/he, it takes
llevar/nos/te – to
    take/us/you
llevo – I take
lo – him, it
loco – crazy
los – the, them
luces – lights
luego – later

# M
madre(s) – mother(s)
maduro(s) – mature

maestra/o – teacher
magnífico –
    magnificent
mal – badly
malo – bad
mamá – mom
mantiene – s/he, it
    maintains
marcan – they score
más – more
matemáticas – math
mayoría – majority
mañana – tomorrow,
    morning
me – me, to me
media – half (hour)
médico – doctor
mejor(es) – better
mencionan – they
    mention
mencionar – to
    mention
mencionas – you
    mention
mencionaste – you
    mentioned
mencionó – s/he, it
    mentioned
menos – less
mensaje – message
mentalmente –
    mentally
mente – mind
meses – months
mete – put
meter – to put

mi(s) - my
mí - me
miembro - member
miles - thousands
milla(s) - miles
Milwaukee - city in
    Wisconsin
minuto(s) – minute(s)
mío - mine
mira - s/he, it
    watches
mirada - look
miran - they watch
mirando - watching
mirarlos - to watch
    them
mire - I, s/he watch
miro - I watch
misma - same
molesto - bothered
momento(s) -
    momento(s)
montarme - to ride
mostrar - to show
motivación -
    motivation
mover/me/se - to
    move/myself/
    himself
mucha/o(s) - much,
    many
muchacho(s) - boy(s)
mudó - s/he moved
muestro - I show
mueve - s/he, it
    moves

muy - very
muñeca - wrist
música - music
músicos - musician

N
nada - nothing
nadie - no one
necesario -
    necessary
necesita - s/he, it
    needs
necesitamos - we
    need
necesitan - they
    need
necesitas - you need
necesito - I need
negativos - negative
nerviosa/o(s) -
    nervous
ni - neither, nor
noche - night
nombre - name
normalmente -
    normally
nos - us, to us
nosotros - we
nota - s/he, it notes
nota(s) – note(s)
noticias - news
nuestra/o(s) - our
nueva/o(s) - new
número - number
nunca - never

O

o - or
obvio - obvious
ocho - eight
ocurre - it ocurrs
odio - I hate
ofenderte - to offend you
oficial(es) - official
oficina - office
oí - I heard
oír - to hear
oigo - I hear
ojos - eyes
oportunidad(es) - opportunities
orden - order
ordenamos - we order(ed)
ordenar - to order
otra/o(s) - other, another
oye - s/he, it hears

P

paciencia - patience
paciente - patient
padre - father
padres - parents
palabra(s) - word(s)
pálido - pale
palitos - short sticks
palo - stick

papá - dad
para - for
paralizado - paralyzed
paran - they stop
parar - to stop
parece - s/he, it seems
parecías - you seemed
pared - wall
(me) paro - I stop
parque - park
parte(s) - part(s)
participar - to participate
partido(s) - games
pasa - s/he, it passes, happens, spends
pasaba - I spent
pásamelo - pass it to me
pasan - they spend
pasar - to pass, spend
pasarle - to pass to him
pasarlo - to pass it
pasas - you spend
pase - pass
pasábamos - we spent
pasó - s/he, it passed
patinar - to skate

pensaba - I, s/he
    thought
pensar - to think
pequeña - small
perder - to lose
pérdida - waste
perdieron - they lost
perdimos - we lost
perdí - I lost
perezoso - lazy
perfección -
    perfection
perfectamente -
    perfectly
perfecto - perfect
permanente -
    permanent
permiso - permission
permite - s/he, it
    allows
permito - I allow
pero - but
persona(s) -
    person(s)
pido - I ask
pie(s) - foot, feet
piensa - s/he thinks
piensan - they think
pienses - you think
pienso - I thin
piernas - legs
pista de hielo - ice
    rink
plan(es) - plan(s)
poca/o - a litte

podemos - we are
    able
poder - to be able
pone - s/he puts
ponerme - to put on
pongo - I put
por - for
porque - because
poste - post
pósteres - posters
practica - s/he
    practices
practicaba - I, s/he
    practiced
practican - they
    practice
practicando -
    practicing
practicar - to
    practice
practicas - you
    practice
practicaste - you
    practiced
practico - I practice
practique - I, s/he
    practice(s)
practiquemos - we
    practice
prefiero - I prefer
pregunta - s/he asks
preguntan - they ask
preguntar - to ask
preguntarle - to ask
    him/her
preguntas - you ask

pregunto - I ask
pregunté - I asked
pregúntame - ask me
preocupen - they
    worry
preocupes - you
    worry
preparado - prepare
preparan - they
    prepare
preparar/me - to
    prepare/myself
preparo - I prepare
preparándome -
    preparing myself
presenta - s/he, it
    presents
presentarle - to to
    present to
    him/her
presentarse - to
    present himself
presento - I present
presta - s/he pays
    (attention)
prestan - they pay
    (attention)
presto - I pay
    (attention)
primer/a/o(s) - first
principio - beginning
probablemente -
    probably
probarla - to try it
problema(s) -
    problema(s)

profesional(es) -
    professional
programa - program
pronto - soon
práctica(s) -
    pratice(s)
próxima/o(s) - next
pude - I could
pueda - I, s/he, it
    am/is able
puede - s/he, it is
    able
pueden - they are
    able
puedes - you are
    able
puedo - I am able
puerta - door
pues - well
punto - point
(a) punto de - about
    to

Q

que - that
qué - what
Queens - one of
    the five
    boroughs that
    make up New
    York City
queremos - we
    want
querer - to want

quería - I, s/he wanted
queso - cheese
quién - who
quiere - s/he, it wants
quieren - they want
quieres - you want
quiero - I want
quince - fiftenn
quiso - he wanted

R

rampa - ramp
Rangers - team in the NHL, based in New York
rápido - fast
rato - moment
razones - reasons
razón - reason
reacciona - s/he, it reacts
realmente - really
recibir - to receive
recordar - to remember
recuerdo - I remember
regalaron - they gifted
relación - relationship
relajar - to relax

(me) relajo - I relax
(me) relajé - I relaxed
responde - s/he, it responds
respuesta - answer
ritmo - rhythm
rodar - to wheel
roja - red
ruedas - wheels

S

sabe - s/he, it knows
sabemos - we know
saben - they know
saber - to know
sabes - you know
sabía - I, s/he knew
sacar - to take out
sacarla - to take it out
sacaste - you took out
saco - I take out
sala - living room
sale - s/he, it leaves
salgo - I leave
salimos - we leave, left
salir - to leave
saludan - they greet
saludo - I greet
sé - I know
seguimos - we follow
segunda - second
seguro - sure

seis - six
semana(s) - week(s)
semiprofesional -
    semi professional
sensación - sensation
sentados - seated
separados - separate
separamos - we
    separate
ser - to be
serie - series
serio - serious
señor - mister, sir
señora - missus,
    madam
si - if
sí - yes
siempre - always
sienta - s/he sits
(lo) siento - I'm sorry
(me) siento - I feel
siete - seven
sigue - s/he follows
siguen - they follow
sigues - you follow
silencio - silence
silla - chair
sin - without
sino - but
sitio - site
situaciones -
    situations
situación - situation
sobras - leftovers
sobre - on, about
sociales - social

solo - only, alone
somos - we are
son - they are
sonriendo - smiling
sonrisa - smile
sonríe - s/he smiles
sonrío - I smile
sorprende - s/he, it
    surprises
sorprendida/o -
    surprised
sorpresa - surprise
sótano - basement
soy - I am
su(s) - his, her, their
sube - s/he climbs
subir - to climb
subo - climb
Sudamérica - South
    America
sudando - sweating
sudo - I sweat
suena - it sounds
suerte - luck
sueño(s) - dream(s)
sufre - s/he suffers
sumamente -
    extremely
superamable - super
    nice
superfeliz - super
    happy

T
tal - such
talento - talent

talentoso - talented
también - also
tampoco - either
tan - so
tanta/o(s) - so much, many
tarde - late(r)
tarde(s) - afternoons(s)
tarea - homework
teléfono(s) - telephone(s)
teleoperador - telemarketer
temas - themes
temporada - season
temporal - temporary
temprano - early
tenemos - we have
tener/lo - to have/it
tenga - I, s/he, it has
tengan - they have
tengo - I have
tensión - tension
tenía - I, s/he, it had
termina - s/he, it finishes
terminar - to finish
termino - I finihs
texto - text
ti - you
tiempo - time
tiene - s/he, it has
tienen - they have
tienes - you have

tímida - timid
tío - uncle
tipo(s) - type(s)
típico(s) - typical
toca - s/he, it plays
tocamos - we play
tocan - they play
tocando - playing
tocar/los - to play/them
tocas - you play
tocaste - you played
toco - I play
tocábamos - we played
toda/o(s) - all
todavía - still, yet
toma - s/he, it tkaes
tomamos - we take
toman - they take
tomar - to take
tomo - I take
tono - tone
torneo - tournament
trabajar - to work
trabajas - you work
trabajo - job
tradición - tradition
traer - to bring
tranquilo - calm
trato - I try
trece - thirteen
tres - three
trineo(s) - sled(s)
triste - sad
tropieza - s/he trips

107

tu(s) - your
tú - you
tuve - I had
tuvimos - we had
tuvo - he had

U

últimamente -
    lately
último - last
un/a - a, an
una/o(s) - some
uno - one
usa - s/he, it uses
usan - they use
usar - to use
uso - I use
usted - you formal
ustedes - you plural

V

va - s/he, it goes
vamos - we go
van - they go
varias(os) - various
vas - you go
vayan - they go
ve - s/he, it sees
veces - times
veinte - twenty
veintiún - twenty
    one
velocidad - speed
vemos - we see

ven - they see
venir - to come
veo - I see
ver - to see
verdad - truth
verlo/me/te - to
    see it/me/you
vez - time
vi - I saw
vibra - it vibrates
vida - life
videojuego(s) -
    videogames
vienes - you come
vieron - they saw
viste - you saw
vive - s/he, it lives
vives - you live
vivimos - we live
vivíamos - we lived
volando - flying
vomitar - to vomit
voy - I go
vuelta - turn

W

winger - position on
    hockey team
Woodside -
    neighborhood in
    Queens

X

Xbox – video game
    system

Y

y - and
ya - already
yo - I

ABOUT THE AUTHOR

Jennifer Degenhardt taught high school Spanish for over 20 years and now teaches at the college level. At the time she realized her own high school students, many of whom had learning challenges, acquired language best through stories, so she began to write ones that she thought would appeal to them. She has been writing ever since.

Other titles by Jen Degenhardt available on Amazon:

La chica nueva | La Nouvelle Fille | The New Girl
La chica nueva (the ancillary/workbook
volume, Kindle book, audiobook)
Chuchotenango
El jersey | The Jersey | *Le Maillot*
La mochila | The Backpack
Moviendo montañas
La vida es complicada
Quince
El viaje difícil | *Un Voyage Difficile* | A Difficulty
Journey
La niñera
Con (un poco de) ayuda de mis amigos
La última prueba
Los tres amigos | Three Friends | *Drei Freunde* | *Les
Trois Amis*
María María: un cuento de un huracán | María María:
A Story of a Storm | Maria Maria: un histoire d'un
orage
Debido a la tormenta
La lucha de la vida | The Fight of His Life
Secretos
Como vuela la pelota

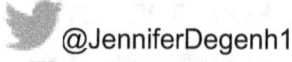 @JenniferDegenh1

@jendegenhardt9

@puenteslanguage &
World LanguageTeaching Stories (group)

Visit www.puenteslanguage.com to sign up to receive
information on new releases and other events.

Check out all titles as ebooks with audio on
www.digilangua.com.

ABOUT THE ILLUSTRATOR

Ajax M. Heyman, a Southern California high school freshman, has had an immense passion for art since the young age of three. He has an endless fascination with animals, both living and prehistoric, and is a huge sci-fi fan, both of which find their way into his artistic creations. Ajax enjoys spending the summer months on the East Coast with his family and friends, going to museums, the beach, and zoos. He creates art daily. Follow Ajax on his Instagram: @ajaxink.